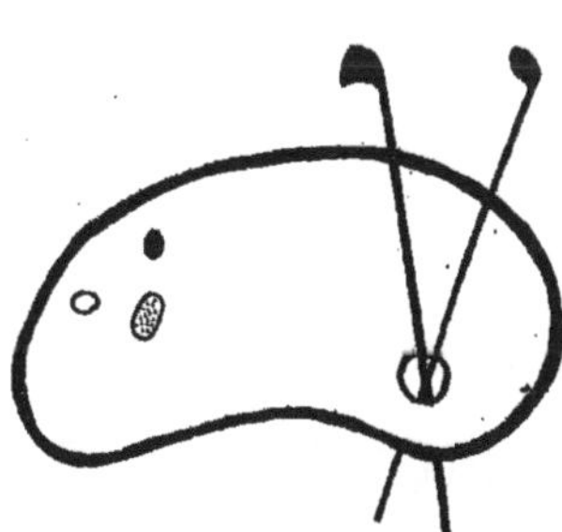

AF476513

17 avril 1858 Mr Dhios Priseurs 64964 10

amoté des mises à prix

CATALOGUE

D'UNE COLLECTION

DE

BONS TABLEAUX

ANCIENS

DES ÉCOLES FLAMANDE & HOLLANDAISE

ARRIVANT DE L'ÉTRANGER

Composant le cabinet de M. de CAUWER

DONT LA VENTE AURA LIEU

HOTEL DES COMMISSAIRES-PRISEURS

RUE DROUOT, N. 5,

SALLE N° 4

Le Samedi 17 Avril 1858, à deux heures.

Par le ministère de Me **DELBERGUE-CORMONT**, Cre-Priseur, rue de Provence, 8,

Assisté de M. **DHIOS**, fils, Appréciateur, rue Lepeletier, 33,

Chez lesquels se distribue le catalogue

EXPOSITION PUBLIQUE

Le Vendredi 16 Avril, de midi à cinq heures.

PARIS

RENOU ET MAULDE

IMPRIMEURS DE LA COMPAGNIE DES COMMISSAIRES-PRISEURS

rue de Rivoli, 144.

1858

[illegible] falle 12.
11 Janv[illegible]
[illegible]

83 rue [illegible] du Temple
Mr A. [illegible]

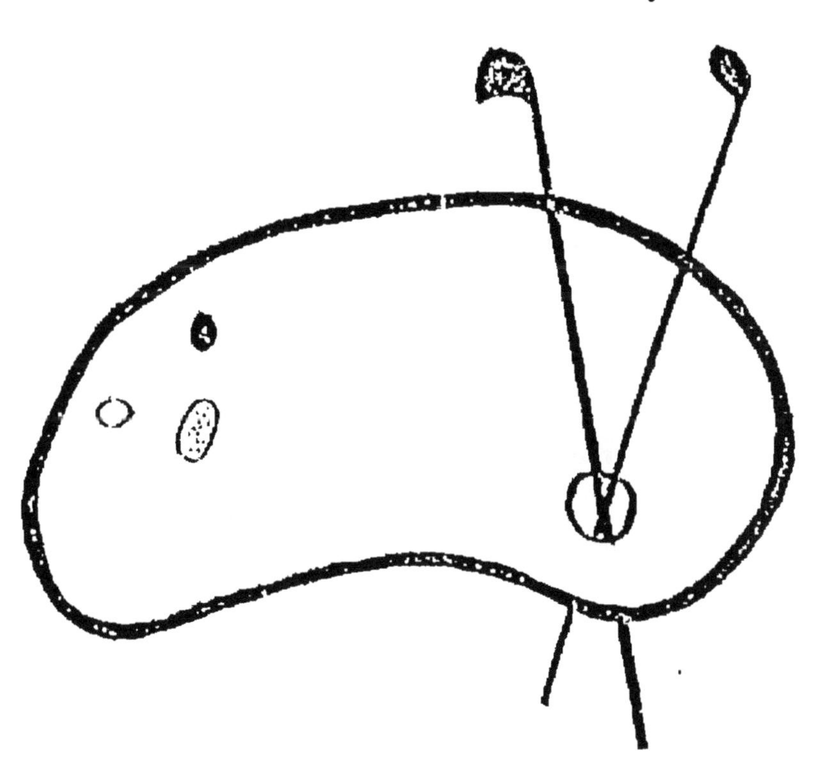

FIN D'UNE SERIE DE DOCUMENTS
EN COULEUR

CATALOGUE

D'UNE COLLECTION

DE

BONS TABLEAUX

ANCIENS

DES ÉCOLES FLAMANDE & HOLLANDAISE

ARRIVANT DE L'ÉTRANGER

Composant le cabinet de M. de CAUWER

DONT LA VENTE AURA LIEU

HOTEL DES COMMISSAIRES-PRISEURS

RUE DROUOT, N. 5,

SALLE N° 4

Le Samedi 17 Avril 1858, à deux heures.

Par le ministère de Mᵉ **DELBERGUE-CORMONT**, Cʳ-Priseur, rue de Provence, 8,

Assisté de M. **DHIOS**, fils, Appréciateur, rue Lepeletier, 33.

Chez lesquels se distribue le catalogue

EXPOSITION PUBLIQUE

Le Vendredi 16 Avril, de midi à cinq heures.

PARIS

RENOU ET MAULDE

IMPRIMEURS DE LA COMPAGNIE DES COMMISSAIRES-PRISEURS

rue de Rivoli, 144.

1858

CONDITIONS DE LA VENTE.

Elle sera faite au comptant.

Les Acquéreurs paieront, en sus des adjudications, cinq centimes par franc applicables aux frais.

La collection que nous annonçons est exclusivement composée de tableaux flamands et hollandais, choisis dans le pays même par M. de Cauwer, dont le goût et les connaissances en fait d'art sont depuis longtemps connues des amateurs. La majeure partie des tableaux qui forment cette collection sont sans retouche, et conservant surtout les anciens châssis, les panneaux et les vieux vernis qui donnent leur cachet aux productions de ce genre, selon nous leur donnent un véritable titre d'authenticité. Sans nous préoccuper des attributions accordées à certaines pages de ce cabinet, nous laissons aux amateurs le soin d'en rectifier les erreurs involontaires de date ou de maître que nous aurions pu commettre.

DÉSIGNATION

DES

TABLEAUX

POELENBURG (Corneille).

1 — Le Triomphe de Bacchus ; il est entouré de nymphes et amours.

HUISMANS (de Malines).

2 — Paysage historique, orné de figures.

COMPHUYSEN.

3 — Paysage (marine) ; le passage du bac, belle composition, animé de figures et animaux.

TENIERS (David).

4 — Corps de garde hollandais. Des soldats sont assis autour d'une caisse de tambour qui leur sert de table et sont occupés d'une partie de jeu, des armes et divers accessoires enrichissent cette belle composition.

RUISDAEL (SALOMON).

5 — Fête sur un canal glacé, sur lequel on voit des traîneaux, desquels descendent des personnages de distinction qui viennent se mêler aux nombreux patineurs qui animent déjà la fête commencée.

STEEN (JEAN).

6 — Intérieur d'estaminet hollandais. Sur le premier plan à droite est un groupe de quatre personnages. Une jeune femme est assise et écoute les propos galants que lui tient un jeune homme ; au milieu du tableau sont des hommes et des femmes attablés.

HAVAU (1707. Signé).

7 — Scène de carnaval, effet de lumière. Ce tableau, d'une finesse remarquable, est digne sous tous les rapports du pinceau de Skalken.

RUISDAEL (JACQUES, attribué à).

8 — Paysage, avec cascades ; à gauche, on voit de grands arbres.

UDEN (LUC, VAN).

9 — Paysage. Sur un chemin, à l'entrée d'un bois, un chasseur est arrêté et cause avec une villageoise ; à droite, une rivière ; dans le lointain s'étend la campagne.

DU MÊME.

10 — Paysage. Sur le premier plan à droite, un berger, monté sur un âne, conduit un troupeau de bestiaux ; au milieu coule une rivière ; dans le fond, riches lointains.

Ce tableau est le pendant du précédent et tous deux méritent de fixer l'attention des amateurs, car ils renferment les qualités les plus précieuses du maître et sont de petite dimension.

PALAMÈDES.

11 — Intérieur. On voit un groupe de personnages de distinction ; un jeune seigneur, tenant un verre dans la main, fait la partie de chant avec une jeune dame ; un troisième les accompagne de son violon ; dans le fond, des serviteurs sont occupés des préparatifs d'un repas.

TERBURG (Gérard).

12 — Portrait d'un théologien.

BOUT (Pierre) et BAUDEWYNS (Nicolas).

13 — Le Départ pour le marché. Composition animée de plusieurs chariots, figures et animaux.

EVERDINGEN (Albert, van).

14 — Paysage. Vue d'un moulin avec cascades.

FAÈSS (Genre de VAN HUYSUM).

15 — Bouquet de fleurs dans un vase qui est posé sur une table de marbre ; à côté, on voit un nid d'oiseaux.

DEKKER (CONRAD).

16 — Vue prise en Hollande. Ruines aux bords d'une rivière avec barques de pêcheurs animées de figures.

VLIEGHER (SIMON DE).

17 — Marine. Mer houleuse.

RUISDAEL (JACQUES. Signé).

18 — Marine. Barques de pêcheurs atterrassant près des côtes de Nimègue.

WOUWERMAN (PIERRE).

19 — Un jeune garçon est monté sur un cheval qu'il fait abreuver dans une rivière ; près de lui sont des pêcheurs qui retirent leurs filets de l'eau.

CARRÉ (MICHEL).

20 — Le Repos des Bergers.

BAKHUYSEN (LUDOLPHE).

21 — Vue d'un port de mer du Levant. Sur le premier plan, plusieurs hommes sont occupés au chargement de navires.

HEEMSKERK.

22 — Intérieur hollandais. Soldats et villageois attablés.

KLOMP (ALBERT).

23 — Animaux au pâturage.

MANS (ARNOLD, VAN).

24 — Kermesse flamande. Joute sur l'eau, riche composition.

HELMONT (MATHIEU, VAN).

25 — Intérieur de cuisine, orné de figures.

HEEM (JEAN-DAVID DE)

26 — Nature morte. Un panier rempli de raisins, un plat et vase d'argent ; le tout posé sur une table.

RUISDAEL (JACQUES).

27 — Paysages, rochers et cascades; sur la gauche un chemin sur lequel sont des villageois.

EVERDINGEN (ALBERT VAN).

28 — Paysage, site montagneux, rochers et cascades.

MIREVELD (signé 1639).

29 — Portrait d'homme à collerette.

RUISDAEL (SALOMON).

30 — Vue prise en Hollande; sur une rivière sillonnée de plusieurs barques, animées de figures, on aperçoit une ville sur la droite.

HEEM (JEAN-DAVID DE).

31 — Nature morte; sur une table sont posés un bol et un plat d'argent, contenant des fruits divers; un écureuil et un homard animent cette composition.

DU MÊME.

32 — Nature morte; sur une table couverte d'un tapis de velours sont posés des plats et des vases en argent, contenant divers fruits, des huitres et un homard. Composition capitale.

HUISMANS (de Malines).

33 — Paysage, site accidenté; à droite, terrains éboulés; plus loin, un berger fait abreuver une vache.

RUISDAEL (Salomon).

34 — Vue d'un village de Hollande; sur le premier plan, un troupeau de vaches viennent s'abreuver à un ruisseau qui coule à l'ombre de grands arbres; dans le fond à droite, on aperçoit une vieille église en ruines.

TENIERS (David).

35 — A la porte d'un cabaret et à l'ombre de grands arbres, des villageois jouent aux quilles.

HUISMANS (de Malines).

36 — Paysage, site montagneux; sur le premier plan, terrains éboulés, séparés par un ruisseau que traverse un pâtre conduisant une vache.

LENZEN (genre de Berghem).

37 — Une bergère, montée sur un âne, conduit un troupeau de vaches et moutons.

BRAUWER (Adrien).

38 — Intérieur flamand; le Concert.

HOET (Gérard).

39 — Paysage où l'on voit une nymphe blessée par un coup de flèche.

REGEMORTER (Pierre Van).

40 — Paysage traversé par une rivière; sur la droite un moulin; à gauche, dans le lointain, on aperçoit un village; le premier plan est animé de figures et animaux.

NEER (Arthur Van).

41 — Village hollandais baigné par une rivière sur laquelle on voit plusieurs barques, avec figures et animaux. Effet de clair de lune.

OSTADE (genre de Adrien Van).

42 — Deux fumeurs.

SCHUTZ (Chrétien Georges).

43 — Vue des bords du Rhin, ornée de figures et animaux.

DU MÊME.

44 — Même genre de composition. Pendant du précédent. — Ces deux tableaux sont de petite dimension et remarquables par le fini précieux.

WYNANDS (Jean).

45 — Étude de paysage orné de figures.

HOLBEIN (Jean).

46 — Portrait d'homme vêtu d'un juste au corps noir et coiffé d'une toque.

MAAS (Nicolas).

47 — Légumes et ustensiles de cuisine sur une table.

MIÈRIS (François, d'après).

48 — Un fumeur.

GRYF (Adrien).

49 — Un lièvre, des perdrix et autres gibiers morts sont posés au pied d'un arbre ; un beau chien de chasse en est le gardien.

DU MÊME.

50 — Même genre de composition.

Ce tableau et le précédent sont les deux pendants ; ils sont de la plus belle qualité du maître, charmants de composition et de petite dimension.

STAVEREN (Jean-Adrien van).

51 — Portrait de l'auteur ; il tient dans ses mains un dessin représentant le Triomphe de Neptune.

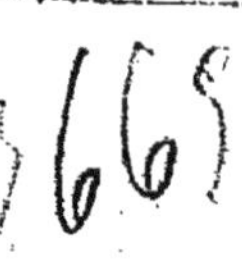

BAKUYZEN (Ludolph).

52 — Marine; mer agitée, ornée de barques et de navires.

HOREMANS (Jean).

53 — Scène d'intérieur. Le Gateau des rois.

DU MÊME.

54 — Repas d'une famille hollandaise. Pendant du précédent.

PETEERS (Bonaventure).

55 — Marine. Mer agitée ornée de barques de pêcheurs.

LENZEN. (Manière de Berghem).

56 — Le Passage du gué.

WYNANDS (Jean).

57 — Paysage. Terrains éboulés; sur le premier plan une mare, à gauche, un chemin sur lequel sont deux villageois.

DIÉTRICH.

58 — Sur la place d'un village, un charlatan monté sur un tréteau présente aux villageois qui se pressent autour de lui, l'onguent qui doit les préserver de maladie. *Cette charmante composition rappelle Ostade.*

HEMSKERK.

59 — Intérieur d'un musico hollandais orné d'un grand nombre de figures; plusieurs villageois se livrent au plaisir de la danse.

WOENIX (Jean-Baptiste).

60 — Vue de monuments en ruines au bord de la mer, sur le premier plan, à gauche, près d'un monument, une jeune femme est couchée, près d'elle passe un jeune garçon monté sur un âne, il est suivi d'un chien, à droite; une chèvre et un mouton, plus loin, des cavaliers se dirigent vers un port dont on aperçoit les *navires*.

ABTSHOVEN (Théodore).

61 — Buveurs et fumeurs assemblés dans un intérieur.

BOUT (Pierre) et BAUDEWYNS (Nicolas).

62 — Paysage animé de figures.

CUIP (Albert).

63 — Étude de Paysage. Bergers gardant des moutons.

MAAS (Nicolas).

64 — Femme comptant son or.

WYNANDS (Jean).

65 — Paysage. Terrains accidentés ornés de figures.

SCHALKEN (Godefroid).

66 — Sainte Famille, effet de lumière.

NEER (Arthur Vanden, attribué à).

67 — Paysage. Effet de clair de lune.

TENIERS (David).

68 — L'Alchimiste.

HUGTENBURG (Jean Van).

69 — Le Manége. Belle composition ornée de figures et de chevaux.

BAKUYZEN (Ludolph).

70 — Marine. Mer houleuse, nombre de figures sur la plage.

CARRÉ (Michel).

71 — Bergère conduisant un troupeau.

RUYSDAEL (Salomon).

72 — Vue d'un village de Hollande, au bord d'une rivière sillonnée de barques ornées de figures.

DU MÊME.

73 — Sous ce numéro seront quelques bons tableaux et plusieurs bordures dorées.

Renou et Maulde, imprimeurs de la Compagnie des Commissaires-Priseurs
rue de Rivoli, 144. 9607

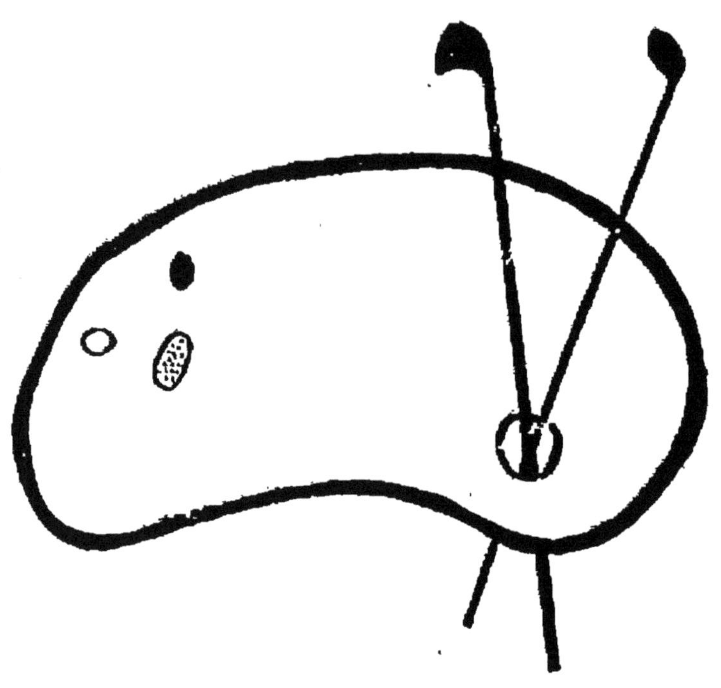

www.ingramcontent.com/pod-product-compliance
Ingram Content Group UK Ltd.
Pitfield, Milton Keynes, MK11 3LW, UK
UKHW020231200726
13856UKWH00004B/1702